[法国] 雅克·达拉斯 著

树才 译

诗的位置

人民文学出版社

Contents

一个诗人,一条河

树才   1

第一辑 诗的位置 *1*

诗的位置 *3*

预备性的身体检查(节选) *10*

维希的白椅子 *20*

时间并不存在 *26*

雅克·达米埃 *31*

Namem Namem *36*

河的赞美歌 *40*

大海 50

诗是一个坡 63

想象中的扬·斯蒂恩同笛卡尔的会面 68

瑞典的克里斯蒂娜促使公爵做出坚决让位的决定从而导致公
爵几个月后丧命 72

终结 79

水建筑 84

第二辑 亚洲之行 *87*

六十六岁在东京 88

唐寅 95

自由 97

天坛 98

参观西安兵马俑 100

管家岭 103

第三辑　喝吧唱吧　*107*

周围都是雪的森林露台 *108*

在杨树岛上 *116*

喝吧唱吧 *119*

第四辑　爱情诗篇　*129*

致埃莱娜的信 (1) *130*

致埃莱娜的信 (2) *138*

致埃莱娜的信 (3) *147*

致埃莱娜的信 (4) *156*

一个诗人，
　　一条河

树才

本来是把题目写成《一条河，一个诗人》的，到最后一刻，我才决定用《一个诗人，一条河》。起心、动念，处处都在比较、犹豫。所以，人是烦恼的灵性动物。尤其诗人，有事、无事，都免不了自寻烦恼。像我，在"一个诗人"和"一条河"这两个名词之间，看来望去，颠前倒后，总想把它们摆放得正好，或恰如其分。实际上，"一条河"让我想到的是一个诗人，"一个诗人"让我想到的是"一条河"！这是奇怪之处，也是奇妙之处。

这"一个诗人"，就是雅克·达拉斯；这"一条河"，就是梅河。

达拉斯，这个法国诗人，我的忘年交，我很熟悉了。梅河，是达拉斯故乡的一条并不出名的河，不是大河，而是小河，我不认识，从未见过。我是从达拉斯的诗中认识这条河的。"梅河"，是我趁翻译之便，也可以说是动用译者的权力，擅自给这条河起的中国名字。没什么特别的原因，就是喜欢这个"梅"字，"杨梅"的梅，"梅花"的梅。

达拉斯是大块头，法国的北方人，而他生长的地方，在巴黎以北。在法国当代诗人的星座图上，他的位置显得特别，他的诗风可以说独树一帜，具有很高的辨识度。他生于1939年，大块头给他带来健壮的体魄，结实的身板，同时，也让他发展出滚雷般的大嗓门和豪放的为人风格。我有时候想，这一定是个好斗的家伙，要不浑身力气往哪里使啊！但是，同我在一起，他却像温和的长者，给我宽大的温暖感。他曾为我的人生安危操心。他还曾执意亲自驾车，到戴高乐机场来接我，以慰藉我在2009年被生活击碎的痛楚身心。

我们的缘分，是从一首诗开始的。这首诗的题目，我用它来命名这册译诗集：《诗的位置》。

本来，达拉斯的"诗的位置"是在法国，尤其是在法语——他的母语里。但是，诗歌的了不起，也在于它是从个性通向普遍，从民族性出发但又超越民族性。因为诗歌是没有国界的。全世界的诗人共享一个国度：语言（尽管诗人们各有各的母语）。2006年，我和老朋友（那时的法国文化专员，现在的法国驻成都总领事）满碧抛女士，又合力组织第二届"诗人的春天在中国"中法诗歌交流活动。达拉斯受邀在列。那是他第一次来北京。诗歌朗诵会是在朝阳区文化馆举办的。那晚的诗歌朗诵，达拉斯无疑是最耀眼的明星：他朗诵得太好了！他有演员的天分。开场时他一边踱步，一边就念出诗句，然后随着诗句的进展，他完全进入了角色，嗓音时急时缓，语气一会儿严峻，一会儿谐趣……总之，一首诗（还真挺长）被他活活"朗诵"成了一出戏剧。他演他写在诗里的角色：一首诗！他是有能耐让自己的诗发出真正声音的诗人。

这样的诗人，在法国是稀罕的，在中国就更加稀罕。

我翻译了那首诗，又跟他同台朗诵了中文译文。他朗诵时，我在一旁用心观看、揣摩；轮到我朗诵译文时，果然，如同得了神助，我也前所未有地放开了自己的嗓音，把朗诵演绎成了另一出中文戏剧：原诗和译诗的血液基因是一样的，只是面孔变了！

从此，我们通过E-mail保持联系。后来，他来中国参加过"青海湖国际诗歌节",再后来,受到诗人骆英的邀请,他两次登上黄山。第二次上黄山时,在步行的队伍中,我隐隐替他担心,因为两年前他突发过一次心肌梗塞,差点儿送了命,幸亏马蒂娜在家,及时把他送到医院救治。但是不得不做了手术,装了一个支架,方便血液流通。果然,午饭后往回走时,他的心脏受不了了。我舍不得责备他,于是细心陪在他身边,让他慢慢地迈步。上上大吉,顺利下山了。

我内心感叹:这达拉斯是个倔汉子!他曾同我说起过那次心肌梗塞的惊险吓人,因为他毫无察觉。他的大块头身体健壮得根本就想象不到,有一天心肌梗塞这个无常也会来找他。他今年七十七岁了!身体恢复后,他仍然把命扑在诗歌上。是的,一个为诗而生存的人,才配得上叫诗人。

《诗的位置》这首诗,凸显了达拉斯诗歌的特点和特质。

一是长、长河一样的长,滔滔不绝的长,几乎是无尽头的长,这个长也是他的气长,他肺活量肯定超大,所以吐一口气跟一条河似的。长的东西需要流畅,否则就停滞不前了,河水就是因为流得畅快才能奔向大海。流畅,确实是达拉斯自觉追求的。晦涩、陡峭、扭麻花似的意象营造,这些技术,从一开始就被他唾弃。

他是有师承的。谁？惠特曼。但惠特曼是美国人啊。没错,达拉斯学的就是英语,精通的就是英语,所以,他一定会遭遇惠特曼,也一定会热爱惠特曼,这是暗合,也是命定。《草叶集》的法译本,就是达拉斯贡献的。除了是大诗人,达拉斯还是一位大翻译家。他为家乡梅河写下的诗集,每一本都厚达五百白页,迄今已出版了八本。他的写作,因此也是河流式的,奔畅的,滔滔不绝的。因为河的本性,就是要流向天边。

二是节奏。我愿意称达拉斯为"节奏诗人"。是的,不是别的,而是节奏,贯穿着他的每一首诗。我记得他那次朗诵时,助以脚步的节拍,前进或后退,完全是语言在一首诗里走路、奔跑、歇一会儿,再接着奔跑……情感也好、事件也好、叙事也好、抒情也好,他用来黏合诗句的妙法,就是节奏!这是他最简单不过的写诗秘密,可以说一目了然。但是,写几首富于节奏的诗是不难的,难的是你一旦认定,敢于用一辈子的写作努力去实践它。他诗歌的节奏完全像一条河,奔过峡谷时,水声轰隆,涡流相拥相挤,流速很快很急,他的句子会跳下来,会急转弯;进入平原时,河面开阔,阳光把碎金片撒在河面上,流水平顺和气,他的句子就长而连绵,静水流深中,显出宽厚之气……当然,节奏在一首诗里如果天然生成,那是妙绝。在达拉斯最出色的诗作中，他总是从第一句就察觉到"节奏"的出场，并且抓住不放，顺着气息的神秘指引，把它贯穿到底。当然，写诗又是人为的事情，现代诗的难，有时就难在难以制作，我们也不能苛求达拉斯的每一首诗都节奏妙绝，不，有时候，他也会留下斧凿之痕。在他的洋洋洒洒的诗作河流中，我这次就着重遴选了他富于节奏力量和特技的部分。其实，他的幽默、他的智性、以及他的深情，都是他节奏的推动力和节奏本身所包含的内容。

　　这册译诗集是友情的见证。随着相遇的机缘和接触的增多，诗人骆英也同达拉斯成为莫逆之交。有了骆英的有力介入，我才下决心花一年多时间，读完达拉斯的大部分诗作，并且遴选出这些作品，把它们译成汉语。

2016.8.1

北京亦庄

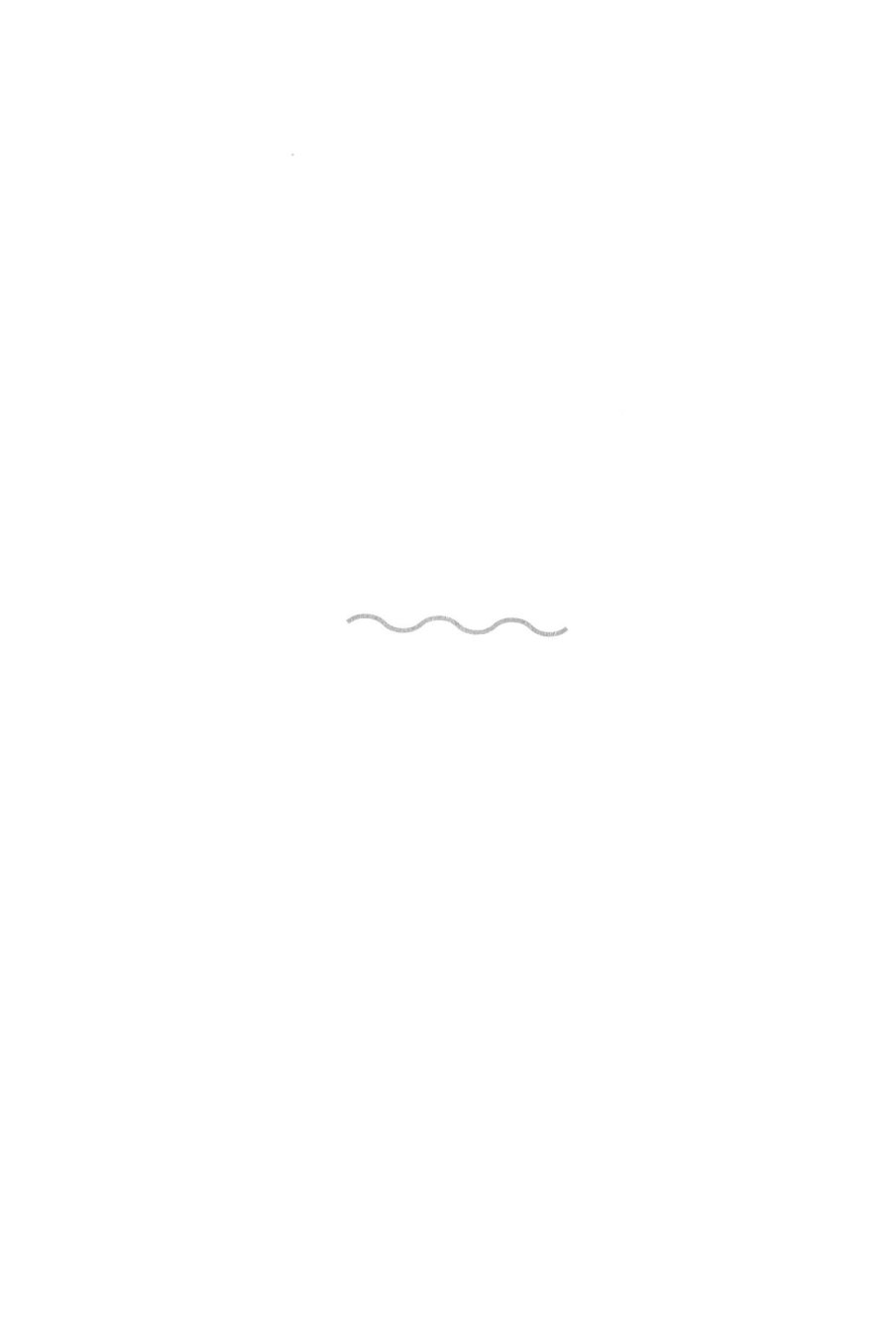

第一辑

诗的位置

诗的位置

他坐下来

他膝盖弯曲

他看见世界

他看见白色的三叶草花

他看见红色的瓦片屋顶

他看见一方灰色的天空

他没看见世界

他就是他自己单独的世界

他可以换个位置

他可以站起来

他可以离开桌子

他可以走进厨房

走到钢刀中间

走到尖叉中间

走到滚烫的平底锅中间

他为自己切下一小片世界

他用牙齿狂咬这片世界

现在他用手指看见世界

他在键盘上算计世界

他写出一个乐谱

这乐谱就叫世界

这是一个 G 小调的乐谱

又是高调的天又是上升的瓦片

又是白色的三叶草

又是弯曲的膝盖

键盘上的键是黑色的

你可别碰它们

那首诗坐下来

那首诗正在写自己

不要跟那首诗说话

请勿打扰

这不是英语

那首诗是用法语写的

打字机却是德国生产

德国制造

这键盘是阿达莱牌

但那首诗是法国的

从那首诗的坐姿

可以认得出来

那首诗不是坐在世界上

那首诗坐在椅子里

我们看见椅子

我们看见世界的一角

但我们也看见椅子

我们主要是看见椅子

这是一把毕卡迪人的椅子

这是一把传统的藤椅

这是一把农民的椅子

已经没有农民了

农民宁愿要现代的树脂压成的椅子

统计表是形式化的

农民宁愿要现代的树脂压成的椅子

一张统计表不是一首诗

那首诗是一张假统计表

统计表是一间等候室

统计表等着我们叫它们

如果没人叫统计表不会动

统计表需要一个医生

当心——那首诗要站起来了

统计表得到了治疗

当心——那首诗站起来了

别拽他的腿

那首诗出去了

那首诗撇下那把空椅子

在那首诗的位置上我们看见它曾经看见的

我们看见白色的三叶草花

我们看见红色的瓦片屋顶

我们看见一方灰色的天空

我们看见世界

突然我们看见那首诗经过

我们看见他从他的位置上经过

从他坐着的位置上

他没看见我们

他没看见我们坐在他的位置上

他没看见我们看见他

那首诗在外面

那首诗在窗子后面

我们不知道他看见了什么

到时候我们会知道的

那首诗回来了

那首诗没走远

我们不知道还有诗从来不走出去

彻底不

永远不

这会形成虚无

那首诗是佣人

那首诗是野蛮的佣人

他不好好待着

他原地打转

他围着自己打转

当心——那首诗要回来了

那首诗真回来了

他好像透了一口气

他得了灵感

他弯曲膝盖

他舒舒服服地坐在椅子里

藤条咔吧咔吧响

他把手放到键盘上

我们听见键盘的音乐

这太美妙了

我不认为还有比敲键声更美妙的音乐

你听——

预备性的身体检查(节选)

*

有一种很大的不公平,在身体诞生的抽签中。

像我那样诞生时身体不疼的人并不多。

一个能让人忘掉的身体。

对我,我永不可能忘掉。

记忆也是身体的练习。

记忆是身体的快乐,它信任遗忘。

*

我自然就生活在一种快乐的豁免权中。

我在世上感觉到一种无辜。

这不是因为我挺好而其他人不好。

我绝不愿意我自个儿活得挺好而周围的其他人不好。

很快我也会活得不好。

很快其他人的身体疾病也会带着顽强的传染性强加于我。

有一阵子了:我感到其他人活得不好。

是自我暗示?

我开始感觉到其他人的疾病在我身上的负面反应。

*

我说不好那痛苦。

因为我的身体没有受过苦。

也不完全是真的。

小时候我的腿很疼。

我长个子。

我长得挺壮实。

我遭遇了长个子危机。

我父亲用樟脑油给我按摩双腿。

我还记得鼻孔里樟脑油的东方味儿。

自然科学课解释是我的软骨正长细胞。

我自个儿想象是自己的经济危机。

我想象我的细胞工厂的软骨生产供不应求。

我想象就是这引起疼。

我想象因为我以前没那么疼过。

好像真正的疼杀死想象。

我无法想象痛苦要到什么程度想象会停止。

我在自己身上从未体验过。

*

相反,我知道快乐让想象醒来。

所以,爱的快乐作用于整个想象。

好像天堂突然打开。

好像走进一座森林,被林中空地引向深处,草是青的,泉水在喷涌中变暖又变凉。

所有的矛盾,瞬间和解了。

*

我从来不能凭我的痛苦对身体怎么样但我能凭
　我的快乐展开想象。

痛苦是一种大分裂。

痛苦是一个分裂器。

痛苦是自我收缩的极致胜利。

痛苦什么也不分享。

痛苦看管整个身体,是身体接纳痛苦,征用它,
打发它,像野外的一个敌手,像一个无情的入
　侵者。

痛苦不服从我的命令。

痛苦做的是我让它别做的事情。

*

对那些缺乏想象力而惩罚痛苦的人没有什么好

　说的。

他们为自己的缺失感到荣耀。

痛苦是它的自动庆祝。

它的自动庆祝。

痛苦是推向极致的思想的缺席。

痛苦是额头疼但它再感觉不到额头疼。

痛苦惩罚别人的痛苦是一种主动的遗忘症。

人们主动惩罚的痛楚先于一个没有记忆的身体。

*

我清醒地知道自己是会死的。

我个体地明白自己是会腐败的。

有时我强迫自己对自己的死做训练。

我投身于计划好的晕倒行为。

我让自己好像到了熄灭的那个点上。

有点像我们走出房间时,最后看一眼室内,在
　　用手指按灭开关之前。

人们那时中止的是自己的存在。

人们计划的是自己的缺席。

就像一节"丧葬时又活过来"的课,也许可以
　　这么说。

我不是那么害怕消失。

不是那么。

只是有一点儿。

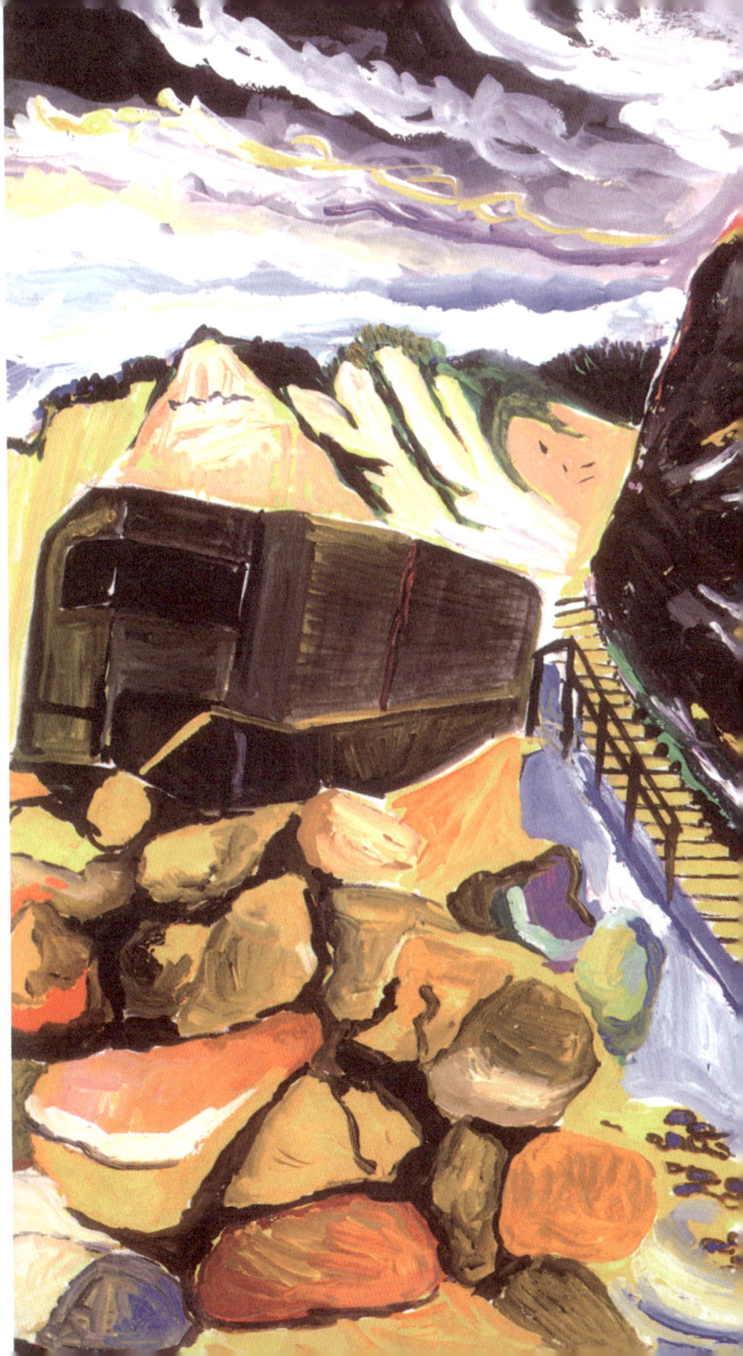

像重新打开房门再检查一次有没有忘记关灯。

但是,万一,灯还亮着!

啊!哎呀!

太冒失了!

活该!

太好了!

我们回家吧!

*

我不是那么害怕消失。

我只是像大家一样渴望知道我将走向何方。

是在里面吗。

还是在外面。

死亡是里面还是外面？

这才是问题。

这才是我的问题。

我反正挺想住到某个地方。

我对住处没什么讲究。

我挺想一直住旅馆。

我唯一不喜欢的是假期露营地。

帐篷村庄。

在诺曼底的某处草地或地中海旁边。

我更愿意在一个公共广场，人们穿戴整齐，长袖衬衫，坐在露台，喝着啤酒或清凉的摩泽尔水，

 用小匙品着冰镇果汁或刺儿李。

我窥见一群理想的意大利人，完美女性，皮肤

 白晰，棕黄，戴墨镜，穿条纹细柔的订制女装。

*

我发现我们对死后缺乏特别的好奇心。

我认为对死亡我们很缺乏想象力。

缺乏敏感,我们像杀人犯一样冷酷无情。

我们沾染了杀人团伙的一部分。

我们拒绝了想象的乐处。

诗人们是妥协的。

也别把他们搁在外面,在诗歌骗人的借口下,

不过也足够了,他们被判待在诗篇的单人牢房。

让埃兹拉·庞德用拜占庭的方形马赛克磁砖割
　　破手腕吧。

他没救了。

他没救了。

"天堂不是人造的"他哭着,走向终点。

那又怎么样?

维希的白椅子

在维希有更多的椅子

在维希有比折叠的生命更多的椅子

生命是可折叠的

生命是自愿被折叠的

要折叠一个生命那就得开始

要从非折叠椅子的意义上折叠一个生命那就得

   开始

要从非折叠椅子的意义上折叠一个生命那得从

   自愿折叠开始

这不难

在维希这不难

在维希那些愿望折叠起来这不难

是那些膝盖它们不愿弯曲

是那些膝盖在椅子的意义上拒绝弯曲

椅子没法帮膝盖在椅子的意义上折叠

椅子是可弯曲的

椅子是白色的

这是一些维希的椅子

这是像糖果一样的白椅子

这是在栗子树拱顶下的一些白椅子

椅子们等待

维希的椅子们等待栗子树的树叶们纷纷掉下来

维希的白椅子们等待秋天像一个伟人独自到来

维希的白椅子们等待秋天像一个伟人

独自到来坐到栗子树荫里

秋天无声地坐着

秋天无声地坐在白椅子里

橙红色的秋天坐着

橙红色的秋天看着树叶无声地掉落

掉落的树叶掉落在看它们掉落的秋天旁边

有时橙红色的秋天头上掉落一片树叶

橙红色的秋天没注意

橙红色的秋天假装没注意

树叶是橙红色的

橙红色的树叶在秋天橙红色的头上不引人注意

相反人们注意的是那些膝盖

人们注意的是那些弯不下去的膝盖

没有为膝盖的秋天

假如有为膝盖的秋天膝盖会独自掉落

人们会看到一些膝盖掉落

人们会看到这么多膝盖掉落于是再看不到膝盖掉落

人们不会说掉落的是一些膝盖

人们会说这是秋天

没有为膝盖的秋天

很快就是冬天

一下子就是冬天

当膝盖弯不下去马上就是冬天

这就是为什么维希的椅子都是白色的

这就是为什么从来没有人坐在维希城的白椅子上

这就是为什么在维希城的白椅子上季节是冬天

连同这里那里几片橙红色的栗子树叶

连同这里那里几片橙红色的栗子树叶为了显露

   秋天

安然坐在那里

毕竟安然坐在那里

毕竟安然坐在维希城的白椅子那里

在秋天

因为这是秋天

因为假如这不是秋天

马上会是冬天

也就看不到树叶

也就看不到膝盖

也就看不到弯不下去的膝盖

最好看到比弯不下去的膝盖更弯不下去的椅子

冬天愿望是僵硬的

椅子们出去

生命们归来

生命们从各处归来

那里生命不需要椅子

那里生命独自

坐着

或站着

没有文件

没有秋天

没有膝盖

没有愿望

没有笑声

并且不用弯曲

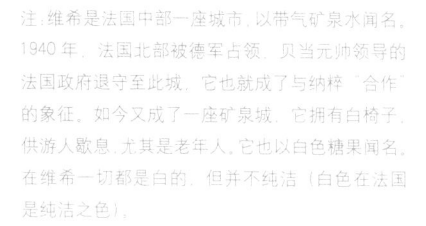

注：维希是法国中部一座城市，以带气矿泉水闻名。1940年，法国北部被德军占领，贝当元帅领导的法国政府退守至此城，它也就成了与纳粹"合作"的象征。如今又成了一座矿泉城。它拥有白椅子，供游人歇息，尤其是老年人，它也以白色糖果闻名。在维希一切都是白的，但并不纯洁（白色在法国是纯洁之色）。

时间并不存在

时间并不存在时间是摸不着的水

我们用手掌触水水跑了

时间走了时间经过我们飞吧

把我们的船放水上随河流转

让我们漂流打转直到水中央

你感到船的拖拽了吧

你感到掳走我们的运动了吧

时间并不存在时间透明地穿过我们

我们在极致之处脱光我们自己

时间并不存在瞧这些衣服我们的身体在岸上

我们只是它借来的液体

它把它自己的流逝借给我们

我们把流逝的我们自身还给时间的流逝

*

是你 1959 年冬天在学生宿舍里的那个小大学生

是冬天应该是冬天肯定是夜里

是夜里你坐在办公室里你俯瞰南郊

是夜里你的窗开向灯火通明的高楼阳台

是你沉浸在深深的阅读中就着一灯弱光

是你只能是你一书本在你面前打开

是你这本书叫《阿纳巴斯》诗人佩斯写的

是你用笔尖很细的黑笔在某几页写下文字

是你五十年后我难以辨认你当年的笔记

是你h带斜角的笔迹用箭头连接诗篇

是你象征派诗人的歌曲征服了你吸引了你

是你诗篇颤抖的小马驹降生在树叶之下

是你在诗句的孵化之中踢你的火

是你我感觉你的爪印被诗人以真相之名抹掉

是你你好运气你这房间里的小革命者
是你蒙特鲁的小个子男人我知道你会把嘴闭紧
因为这样我们的所有回溯我们的《阿纳巴斯》
   可以轮回
因为这样我们只能从我们记忆的背面解放我们
   自己

*

诗篇留在我桌上快五十年了

诗篇没让我变化诗篇让我长出皱纹

诗篇负责拽住我的致命的皱纹

莱热莱热诗篇给我带来热

坚持住在面具下你要坚持住

要让衰老衰老为了你也一起衰老

要让你从冬天一下子重返秋天

我们就在伟大的时代！不，大使阁下

从骑着骏马的雕塑上下来吧

别再用马刺踢的石头

衰老，大使阁下，就在足下

衰老，就是从你的椅子上下来

衰老，就是刺目的一文不值

你和我我们一起聊聊如何打不开文学潜能

我们一起返回中国

我们会成为脑动脉硬化的损失大使

我们将回到我们自己的远东中国

阿莱克西·莱热·莱热,诗人佩斯的原名。

佩斯最后一首诗作的名字。

科瓦兹瓦克斯,著名雕塑家,为太阳王路易
  十四完成过骑马雕塑。

> 此处,诗人游戏法国诗歌流派"乌利波"
>   (打开文学潜能)。

雅克·达米埃

> 我讲了大多床上功夫
> 就该在床上享受功夫
> 雅克·达米埃《爱的艺术》（十三世纪）

图书馆发出声音

图书馆发出书页的瑟瑟声

几本书自己打开

几本字典自己打开到打开这个动词

是自反动词

是代动词

图书馆的门咯吱响

走进来几个姑娘

几个妇女

几个啼哭的孩子

一个孩子出现时书本的建筑物崩塌

书本互相撞击

寂静即内疚

野蛮人在古文字母里

有几本书喊出真相

如果真相喊叫图书馆会很吵闹

孩子们进去把耳朵塞住

真相不会从孩子的嘴巴出来

走进图书馆时孩子们嘴被堵住了

寂静随一张卡卖了出去

你把声音放在入口处

如果没地方放你的声音

别让喉咙打上结

沉默着只是听

我学会了沉默我的

你学会了沉默你的

她没学会沉默她的

也就是说她啥也不说

她很不自在

她读不下去

她的身体不让她的目光经过

她的身体就在她面前

她不知道但身体就在他面前

她只看见他

在她面前的那个男人

在她面前的那个男人是他的身体

我是一本书她说

我是一本活书

我有书页

我走动

我是一座走动的森林

我有喊声

我在书页里有整个宇宙

我打开

我打开

不及物地

我等待人们打开我

放上你的手

雅克·达米埃

摸哪里随你

随你

图书馆自己分开

大地悬在天空中

大地不转动

大地不转动

雅克·达米埃是个异教徒

雅克·达米埃确认大地从未转动

但女人

全部书写只是对女人身体的书写

全部书写只是女人身体奉献的爱的书写

爱自有它的欲望

你们一起高潮吧

雅克·达米埃走出图书馆

城里的阳光嗡嗡响

男人们从光线中经过

女人们穿过街道如同书签

孩子们啥也不说

生命之井在雅克面前自己打开

雅克·达米埃，十三世纪诗人。他改写了奥维德的诗篇《恋人》。除此之外，人们对他一无所知。

Namen Namen

1

说是用声音。

唱是用声音。

说不是唱。

声音可以唱话。

声音不能说歌。

说歌的声音说出歌词。

这时它不再需要歌。

说出一首歌词的声音是奇怪的。

如果我开始说一首歌词却没有诗歌

我就像在念一首诗。

说一首歌词的声音实际上是说一首诗。

并非所有诗都是歌。

并非所有诗都像歌。

今天严肃诗人的诗不像歌。

在诗里说的声音非常不信任唱的声音。

在诗里说的声音想保持独立。

歌的声音和说的声音不再彼此说话。

最后一个歌诗人叫阿拉贡。

是话语不再同音乐说话。

这是话语的决定不是音乐的。

歌,它继续唱各种各样的话,不做分别。

歌不在任何话面前退却。

作为音乐的歌掳走所有的话。

人们能把一切话唱成歌剧。

人们想讽刺歌剧时就乱唱。

一只小药瓶身上的用药剂量说明。

人们才不管小药瓶。

人们才不管别人的小药瓶。

人们才不管小药瓶歌剧。

一小匙话语汤喂早上中午晚上的歌剧。

歌剧很好谢谢，它不咳嗽。

歌剧是音乐的小药瓶。

歌剧用它的拉丁文名字是一个音乐迷乡村医生。

2

唱的声音在说的声音下面铺展开来。

歌的声音在喉咙的深处

比说话

更靠近肺，

说话更靠前，更外面，更近牙齿，更近外面。

歌的声音在后面，更靠后，在肺吐出的一连串

   呼吸中。

歌的声音直接靠肺的呼吸哺育。

肺呢靠心和血液的脉动哺育。

一个内在天。

呼吸和血液做成一个气候

   有点像海边沙滩。

大海，血。

风，呼吸。

浪涛，歌的声波。

天空，在这里面天空成了什么?

天空成了倾听的耳朵。

Namen，弗莱芒语，即那慕尔，是比利时的一个城市名字。

河的赞美歌

句子是一张床

句子对河来说是一张太窄的床

她不拥抱

她是词语中最流动的

她是一个流动的词

词制作句子地图

词想要解决混淆

河不起床

河在它的床上流淌

河不醒来

河不睡着

河睡着时它流到地下

河在夜里流淌

它好像淹没了

河不会淹死

它是水

它从句子里流过

它从句子的元音里流过

它是发光的

它是光

它是液体形态中的光

它不闪耀

它流动

它就是流动

它就是流动的光

光的流水是看不见的

流水的灯不会熄灭

河在夜里流淌

它是大地那看得见的道路

它是大地的轻盈的重力

它是大地的坠落的缓冲

水清洗

水抹去

水就是抹去

水就是抹去的大地

土地在水的一口呼吸中抹去

土地在水到来之时抹去

土地的身体在河的前面抹去

河涌来

河延伸

河用它整个的流水延伸

河在土地的床上睡觉

河有一个身体

河是一个波浪

河围着自己转

河在土地的床上挖自己

河在天空的穹顶下弯曲

河在喊

河从河的喊声中减轻

土地听见自己在喊

土地听见自己在流

土地拼读自己

土地呼喊自己

土地升高

它是河流的喊声的床

它是河流的身体的床

它是河流那液态身体的回声

它是流水的光的影子

我们走向赤裸

我们走向床单

我们滑落到我们的衣服之外

我们让布帛的圆柱滚落

我们让它在地上滚出皱痕

我们用抚摸让我们大腿的山坡开出花

我们为黑夜开幕

我们在一条河的岸上就像泳者

我们在赤裸的空间之中

我们离开了形象世界

世界一下子溢出寂静

世界在一场等待旁边

世界缓慢地摇晃

身体更甚于词语

寂静是一个可折叠的肉身

寂静是一个液体状的承诺

寂静用一张哑默的嘴说话

手比语言说得更好

手画出寂静

手分开寂静

手弥合分裂

身体用手说话

寂静用手说话

寂静用手写作

寂静用手写出身体的历史

开始时有分裂

开始时你屏住呼吸

开始时有分裂的流畅

开始时你用手分开寂静

开始时你的手滑入寂静的开口处

寂静是流畅的

寂静是打开的

寂静刚刚呼吸

寂静是重的

寂静是远的

远靠近寂静

远抵达唇边

远退却像潮水

远涌到寂静的门槛

我们旅行

你是门槛

你是岸边

你是沙滩

你是辽阔

你是高高的海

你是神的寂静

你是寂静的唇

我们上船

瞧我们上船了

开始时有洪水

开始时有眼睛

开始时有嘴

开始时有不可言说

不可言说即寂静

不可言说是分裂

手命名分裂

我的身体拼读分裂

我的身体重返分裂的源头

我的身体重返洪水的液状拱门

我的身体重返世界的液状缺口

我的身体触及门槛的寂静

我的身体接近沙滩的门

你把我同寂静相连

你为我打开世界的寂静之床

你为我打开世界流水的液状涨潮

你是成为近的远

你是逼近的波浪

你是持续呼吸的迸发

你是大地拱门的颤栗

你是打破的寂静

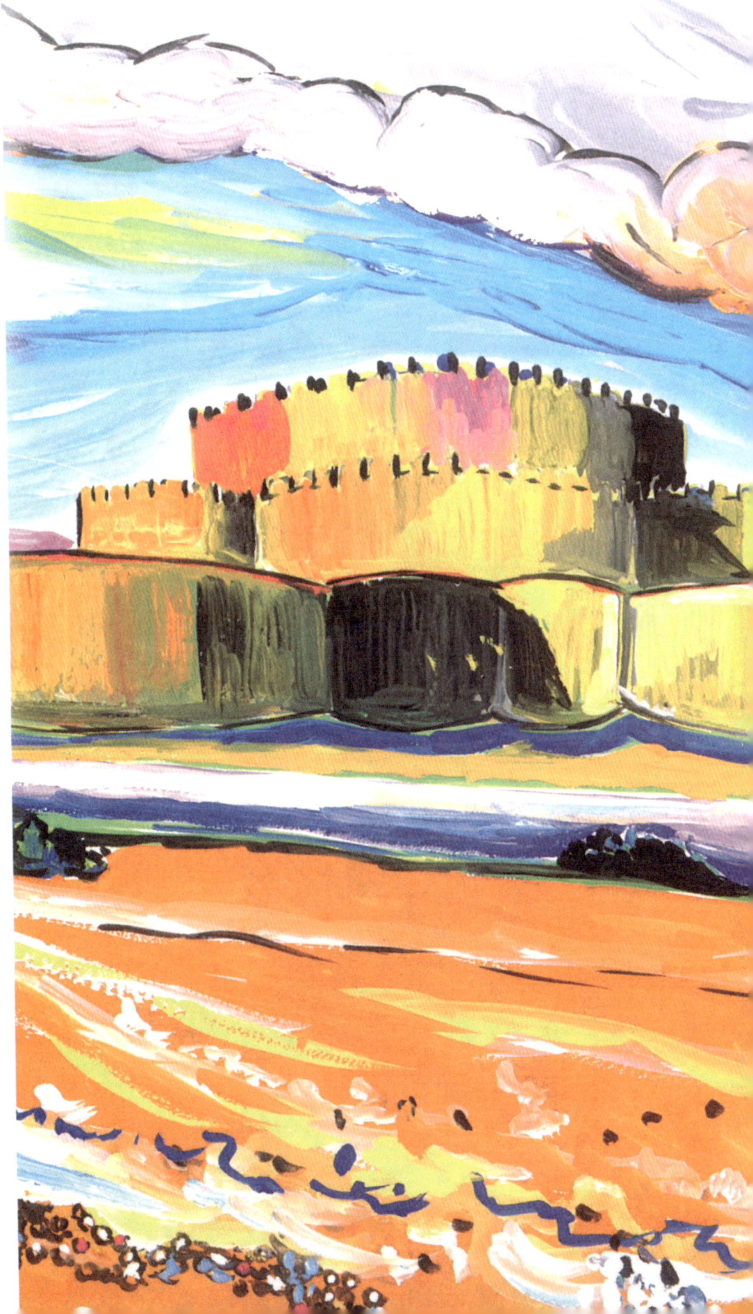

你是大海的喊声

你是源头的断裂

地球们沉入你的喊声

星星们在你喊声的波浪里摇晃

太阳们在你喊声的水中熄灭

夜变成赤裸

夜变成身体的光

夜变成寂静的衣服

夜在它的唇上沉默

你是夜

夜开始于你

你是夜的开始处

你是开始

夜开始

大海

返回

返回

返回

返回

返回

返回

返回

是大海的不定式

是永远起伏不定的大海的不定式

是大海的不定式返回到自身去歇息

是大海的不定式从动词又返回到名词

是大海的模糊变位的不定式

从大海和它自己

在时间的放松中

在时间的气动肺部的放松中

在时间的海洋胸腔的瑟瑟声中

在时间的马拉松赛跑运动员的辽阔呼吸中

返回

返回

返回

返回

那同大海一起返回的是返回的幻觉

那同大海一起返回的是波涛滚滚的幻觉

那同大海一起返回的是波涛前进的幻觉

那同大海一起返回的是波涛延伸的幻觉

朝着沙子

朝着沙丘

朝着土地

朝着我们

大海的返回是化身为马的呼吸的返回

大海的返回是形象延绵不绝的返回

大海的返回是形象的奔跑的幻觉的返回

大海的返回是不定式在自己身上的消失

用不定式最微小的代价

用空间的无限小的代价

返回

返回

返回

返回

返回

大海那永远的返回是时间的至高形象

不可能成为时间的不可想象的形象

或者在大海的主动歇息的形象下

大海在自己身上的悠长的返回

在波涛的多重的复数中

向复数同时也向永远返回的返回

向沉着的不可能的无限整体的返回

向一个无限的边界结局的幻觉的返回

海水在大地上的尽头会界定它

返回

返回

返回

返回

返回

返回

*

我在图盖,那是1930年

我遇见了父母,他们一个十五岁

一个十六岁,他们没认出我

但我自己知道——年龄优势——

他们是我的父母,他们

在通往沙滩的街道上走着

手牵着手,走在

一个夏天日子的幸福中

没有云彩,别墅是新的,

每幢别墅都有很大的空间,

度假别墅是为了度假

在一片被叫做"森林"的

松树林里,只见到几棵树,

退休之梦还没有浮现。

我走在他们背后,他们

走到了海边,妈妈喊:

"瞧!大海真的没变!"

走下沙滩,他们挨近了波浪,

他们穿着泳衣,里面是

吊带内衣,这是一种

青春疗法,对他们这些年轻人

还有我这个还没出生的长子。

大海没有变,是的大海

没有变,那么,究竟是谁在变?

究竟是谁把变化给了我们,

那种前行的幻觉,在记忆中

我父母和作为他们的产品的我

我们在同样的年龄,经常

去同一块沙滩,却不会遇见?

*

那是2004年的春天

那是五月天下着雨

那是一个下雨的五月八日

那是一个周四还是周六

还是周日还是周一

我妈我妈她要死了

这耗了很长一段时间

我们傍晚时赶到

我们把雨伞收拢

"脱形了!"我们都这么说

脱形了她的皮肤

不再粘着她的骨头

三角形的额头伸长

肺的鼓声激烈

我们觉得冷她却是热

春天的至高诱惑

为了重新激活她的血液

就在那一夜她熄灭了

余火是她活着的光

转眼就一周年了

每年五月来临时

我会折叠八行句子

我唱：妈妈又开花了

大海是我们崇高的呼吸的声音

大海我们拥有取之不竭的储备的风

大海如果需要我们可以输一些碘

大海我愿意死在一扇敞向辽阔的窗前

大海掳走我小船在我那里消失

大海最后的盛大的退潮开始了

别了大海我的毛孔别了我的皮肤别了我的诗篇

大海我抛下你我的背包在沙滩上粘着海蜇

大海我巨大无比的外在的身体之肺

大海我精神的呼吸我腹部的呼吸

大海是的但为什么把大海的医治的形象加进我

大海我为什么投身于我自身的殷勤的存在

大海我换学校创造重新开始

大海我们的手指在一只圆球的皮肤上乱弹

大海我们截住风我们又把它归还给风

大海我们潜向那些想象中的球门柱

大海我们是少年

大海我呼吸天空之蓝而大海之蓝收留我

大海我的分量微不足道我不会去别处生活

大海世界是我的床太阳是我的床头灯

大海我们为什么不整天钓鱼

大海犯下原罪之罪在水中是不可能的

大海罪人一个接一个排在清洁师耶稣身后

大海游泳的瞬间的受洗

大海对天主教来说我们更喜欢波罗的海

大海你赢得你的救人证了吗

大海我临窗等待灵魂平静下来

大海我不焦急潮水让我觉得好玩

大海我还想用几次退潮

大海同岁的阿波罗为他护卫着九位女神

*

我无法在诺曼底登陆的海滩上游泳

我感到我洗澡时反面朝外

不会有那一天

在完整的八月之中我感到了冬天

我裸身走着颤抖着走向地平线

阴影从我的一边滑下

反着方向

就像脚踏在同一片沙滩上

我们错过了一场约会

她们在波涛的激浪中飞向大地

我这个牧羊人正等着一大群云

向四面八方吃草

而一场杀戮在我的脊背里酿成

沙滩是简化了的生活

沙滩是扩大了的城市

沙滩汽车们是一种嘈杂声

沙滩大海的车身迎着太阳发光

沙滩大海是一个大停车场

沙滩汽车们并不互相超车

沙滩海螺在嘈杂声中彼此听不见

沙滩我的耳朵远离脚

沙滩我有一个夸张的身体

沙滩我穿的鞋是四十八码

沙滩我在离地面三千二百米的高度飞翔

沙滩我伸直手臂够到了佛罗里达

沙滩我采摘佛罗里达不佛罗里达还没开花

沙滩我刚才遇见了兰波

沙滩你肯定那是他吗

沙滩你看到了他在水洼里拽他的船

沙滩我还以为他生活在伊甸园

沙滩阿拉伯的财宝是一个海星星一把刀

沙滩你有时在空旷处丢了脚

沙滩大海丢了记忆已经很久

沙滩你试试回忆海吧

沙滩所有的形象来自陆地

沙滩有几何学

沙滩从来没有什么叫大海学

沙滩波涛让想象列队游行

沙滩我裹在一块大浴巾里把身子擦干

诗是一个坡

诗是一个坡

那里,人的重力

听从另一种逻辑

就像液体,

随着流动的节奏,

我不再是同一个,

赫拉克利特就这样说,

从第一行开始

我折叠诗句

在一条溪水中

旅行,水流窄如梅河

斯卡顿河，诺维翁河

家乡的河流

我是它们的追随者

永远，然而《帕尔梅尼达》

不知什么原因，我的

整首诗偏离了方向

它随波逐浪

始终是它

正宗

不管去到哪里

我们在时间中也一样

宇宙的时钟

分给我们的那一份

我们究竟从哪里出发

一切，莫非就是

我们把我们的碎片生命

加进去的

那个总数？

哪一只轮子，哪一个黎明

被虫蛀过

我的欠账能激活

这一类话语？果核

隔着距离，能

始终如一，我来到世上

只是为了转动轮子

像玩彩票，马拉美

他那只装骰子的口袋

是不是说诗

是万花筒

用手腕的偶然

以不同的方式编排语言

一摇波德莱尔

再摇夏尔·克罗

第三摇你和我

在街上我们说着话

不为什么，在氛围中，只

为了说说我们是谁

我们曾是谁

此刻的过客？

我不相信

但这又妨碍我

对你说出我的相信，

清晰地告诉你

在诗的意义上，就像

我对你说每天

讲的日常语言,

斑鸠指点我

它慰藉着我的童年,它

嗓音的珍珠囚在

它的柳条鸟笼里。

想象中的
扬·斯蒂恩同笛卡尔的会面

我们想象笛卡尔走进的啤酒馆

那是在德尔夫

那是在莱特

那是在一个旁边

那是夏天

笛卡尔渴了,这种情况会发生

这是人类的正常需要。

所以他进去了。

我们替他犹豫了一下。

小酒馆是嘈杂的,一些狗一些孩子在街上玩儿。

酒馆老板正忙着侍候一位女性他无疑已经诱惑过多次。

笛卡尔穿着一身绿色塔夫绸。

我们注意到他了。

他的突然闯入让人有所察觉。

斯蒂恩用目光瞄了一眼桌布。

现场的好玩事儿他都能捕捉到。

斯蒂恩眼里只捕捉人和事情的好玩细节。

画一幅画的念头立即在他起雾的头脑里萌生。

画一画笛卡尔在一系列疯狂的动作中。

他怎么知道这是笛卡儿?

因为我们同他低声说过了。

斯蒂恩在哲学家前面放了一杯泡沫啤酒。

哲学家在沉思。

笛卡尔想他也完全可以来一束啤酒花或者一个

蜂巢。

另外啤酒难道没有一股蜂蜜味儿?

斯蒂恩什么也不想,只是看。

他想象一幅画哲学家就坐在一群家禽中间。

笛卡儿莫非怀疑错过了什么?

哲学是纯真的,绝对纯真。

这是它的力量,它不是消遣。

绘画是一种重要的消遣。

一种动手干的消遣。

斯蒂恩的目光锁定客人。

笛卡尔准备离开了。

他知道谁是斯蒂恩?

他已经在别处了,他不会听别人。

笛卡儿出去,同两个仆人会合,一队人走着,

他在前面,另外两人在后面。

斯蒂恩从门口看着他们,只有他知道他在做什么。

或者他不做什么。

我们从来没遇到过哲学?

很少在绘画里。

很少在一幅画里。

这是个视觉问题,看的问题。

我们只学会认识那可认识之物。

我知道谁是扬·斯蒂恩,我知道谁是笛卡儿。

我也知道他们并不认识。

我很想让他们彼此相遇。

他们只是问候一下吗?

在我们身边有那么多认识人的机会。

注释:扬·斯蒂恩,荷兰画家,生于1626年,卒于1679年。他的画作风格是幽默的,善于将事物用幽默的方式刻画出来。

瑞典的克里斯蒂娜
促使公爵做出坚决让位的决定
从而导致公爵几个月后丧命

战争让我烦。

瑞典让我烦。

寒冷让我烦。

政府让我烦。

夜让我烦。

雪让我烦。

夜里的雪让我烦。

黑让我烦。

白让我烦。

烦让我烦。

一切都让我烦。

我们为什么在一个烦的国家。

我们为什么比别人更感到烦。

为什么到我们这里的人也会变得烦。

为什么我们的烦会传染。

笛卡尔先生到了斯德哥尔摩。

烦把他杀了。

瑞典的烦把他杀了。

短短七个月的瑞典的烦把他杀了。

烦把一个激情的哲学家杀了。

激情的哲学家没有预料到烦。

我们这种烦。

他把烦叫做恶心。

烦比恶心更甚。

烦比一种激情更甚。

烦是一种民族病。

瑞典是一种民族病。

瑞典是整个国家都烦。

不，笛卡尔先生，在自然中

并非每一种激情都是好的。

烦的激情是致命的。

烦能杀人。

你并没有杀掉烦。

你的哲学家没有杀掉烦。

在瑞典烦向无限延伸。

烦是空间的无限。

烦不会思考。

烦是空间的不思考。

烦至少是思想至多是空间。

烦到处突破我们。

烦是森林。

瑞典的森林是烦人的。

瑞典的森林广阔得无法滋养想象。

笛卡尔先生你是都兰地区的法国人。

你随身把都兰也带来了。

你选择生活在某一座公园。

在那里发展一种公园的蔬菜哲学。

在那里按一定间隔分配公园的善的种子。

你没有预料到烦的种子。

烦人的烦就像大自然。

我们瑞典人热爱大自然。

我们喜欢让自然的烦侵入我们。

我们把它做成一种宗教。

我们拥有自然之烦的宗教。

必须是野蛮的。

所以必须是烦人的。

你是法国都兰地区的天主教徒。

加尔文主义的微小种子温和的都兰。

并非为瑞典而做。

并非为瑞典准备。

尽管你的空间哲学。

尽管你的哲学已经扩展到广阔。

不够远。

没到我们这儿。

这儿太广阔。

森林太多。

烦太多。

瑞典太瑞典。

烦人的瑞典的森林太多。

所以说我要让位。

我走了。

我厌恶。

我离开了。

我想要温暖。

我想要光。

我想要影子。

我不想要夜的影子。

自然的极端的影子。

我想要太阳和影子一半一半。

我想要大白天树上的黄橙子。

我想要同原罪一起的创世纪。

我想要花的贞洁。

我要想果子的严重错误。

我想同秋天一起伏在地上。

我想同衰老和冬天一起缓慢地腐烂。

我愿我的冬天是芳香的。

我不愿因为雪变得纯洁。

我不愿被冰保藏在冰里。

我愿火焰焚烧。

我不想要一个种植蔬菜的天堂。

我想要灵魂的大火炉。

我想把路德和加尔文分开。

我想要罗马的地狱同罗马一起。

我在自己身上萌生异端的种子。

终结

死亡在这儿

我感觉到它

它用光的步伐

催促我

它距离我

并不比

一个星期天更远

在林中空地

山毛榉路上

好像山毛榉

比人类的生命

多出一个字母H

就是这个H

改变了生命

在高度上

在热量上

壳和树干

垂直地

升上天空

而高处的光

迎接

死亡等着我

在边缘处

我避开它

但它追逐我

把我放在

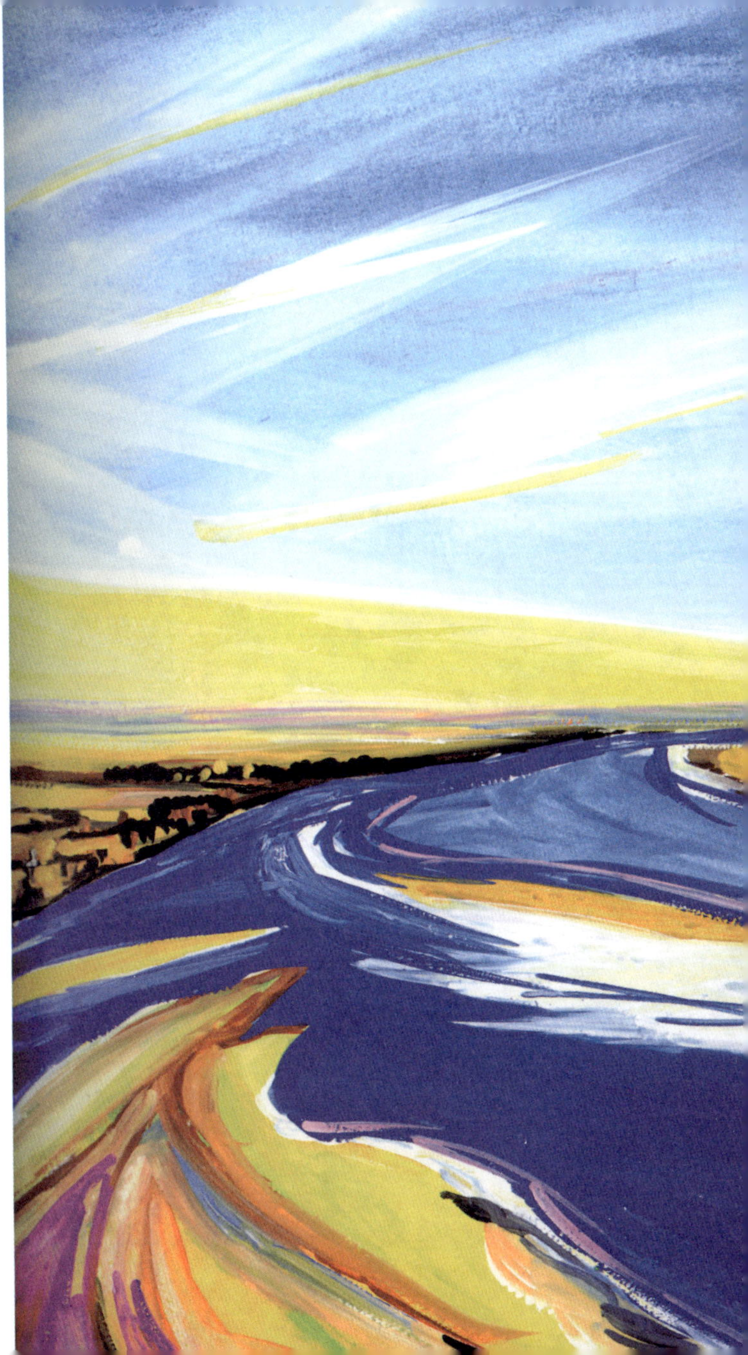

守林员前面

我并不偷猎

趁着夜晚

我收集词语

秋天的地毯

好让

死亡的步伐

回响得更轻

死亡追随我

在地毯上

它嘲讽

面对火焰

狗躺着

发出呼噜声

衰弱的猫

眼里冒炭火

我也躺下

成了死人

在白床单上

死者卧像

我的骨灰瓮

将我收集

但是死亡

分散各地

到处渗入

在门下

在锁里

到处打开

不撬锁

不破门

但我们模仿

像在我们身上

用香料

保存尸体的艺术

死亡

门板

在我们的圆圈上

它用蜡封住我们

我们是它的圆圈

在眼皮底下

蓝眼皮

或紫眼皮

而死亡的

面纱

盖住我们

很卫生

水建筑

这是奇迹：一座城市立于水上，同时拥有两片

　天空。

行者在天空深处行走，他们的脚步变得轻盈。

这是奇迹：以人类的重量，他们却轻盈如鸟。

运动，被自身的形象所分散，成为它自己的思考。

运动在思考，运动在想，迷失于自身的需要。

它的结束重返开始，重新开始取消那不可避免的。

水，大地上思想的可见的体现。

水，加入到事物中的自然的思想。

我看着水，透过透明看见的不再是我，而是透

　明本身。

透明的微妙游戏阻止我看见：我俯身于它时我

　是不透明的。

水，在它自己身上有着透明的慈悲。

水把我藏进它的皱褶，没有人看见它的精神口袋。

物质中最女性气息的精神体，沉思它我不用做

任何特别的姿态。

我俯身于它,为它弯曲,它也向我弯曲。

这是一种消隐,肉体不再是障碍。

目光从发光的梦幻表面,分散原子尘粒。

肤浅并不是什么痛苦。

难道我们不是凭着幻觉,凭着对不可见的掩饰才变得深刻?

难道我们不是凭着失去大地之水的干燥,才变得黑暗?

在运河的交汇处,城市是一种新语法。

我的肉体,同自身和同类分开的句子,期待同谋者的缓慢。

致敬,向水的建筑。

第 二 辑

亚洲之行

六十六岁在东京

我六十六岁了

我在飞机上

我从东京回来

我六十六岁六十六次一岁

我一直数到六十六

正好用了一分钟

零六秒

我也可以按住我的脉搏

用左手腕紧紧按住

大拇指食指

每分钟跳动六十六次

对一个六十六岁的男人还算不错

数字

我们同数字有什么关系?

数字化的话语就叫一首诗

我六十六岁了

我想象服务员给我端上一块蛋糕

六十六根蜡烛

灯灭了

一支日本合唱队

用英文唱

Happy birthday to you!

Happy birthday to you!

我七十岁了我跟谁都没说

我对自己也什么都没说

我对谁都没说

我不能自我代表出生了

七十年前

我不是我母亲

我不是乖女人

1939 年 12 月 11 日 16 点

人们等待某个人

某个人将来到世上

他选对时辰了吗?

他不能改变他的过来吗?

他不能再等四五年吗?

2005 年 12 月 11 日

六十六年之后

飞机飞过西伯利亚上空

在哈巴罗夫和阿尔汉格尔斯克之间的

某个地方

在米歇尔·斯特劳科夫和布莱兹·桑德拉尔

之间的某个地方

在契诃夫和索尔仁尼琴

之间的某个地方

我六十六岁我从东京回来

我从韩国回来

我从俄罗斯回来

我从芬兰回来

我在一架飞机的肚子里

我在飞机肚子里热乎乎的

座位 35J

我坐在"应急出口"旁边

我把六十六岁绷紧的双腿折叠在前面

我读塞利纳《漫漫长夜之旅》前几页

塞利纳让我烦

塞利纳爱发牢骚

塞利纳不停地从战争中回来

从夜里回来

从不知道哪里回来

我不理塞利纳了

我喜欢当下

我喜欢报纸

我喜欢把诗歌数字化的文学

我喜欢六十六这个数字

我喜欢六坐在六的旁边

我喜欢只为我一个人成为十二

我是我自己的十二音节诗

我是十二次的使徒

大鸟用翅膀把我驮走

我和其他人一起在真理的铁肚子里

我们没有出生

我们飞越西伯利亚天儿不冷

我们睡在当下

我们梦在当下

当下是一头得禽流感的马达轰隆响的畜牲

Roaring now

当下叙说它自己的传说

我六十六岁外加一万公里的雪

我们可能在空间里一下子溶化

我们将变成火山

我们将在零下六十六度的西伯利亚下起雪

算一算吧!

你能找到解决办法?

我六十六岁我不认为自己是个困难

我用六十六岁来自己解决

我就像雪

我是可溶化的

我知道有一天我会彻底解决自己

我会有八十八岁

我会有九十九岁

我会有一百一十一岁

我会有三百三十三岁

我把我借来的这些数字都还回去

我什么都没有了

我也从未有过什么

唐寅

唐寅是画家

唐寅活在十五世纪

唐寅活在明朝对我们就是文艺复兴时期

唐寅画画就像若斯丁·亚纳丁写音乐

唐寅用毛笔让大山唱歌

唐寅沿着岩石的凸凹斜坡

唐寅用一丛丛焦墨播撒岩石大自然

唐寅在岩石的门口种下两棵松树

唐寅折断笔尖把树干捻成歪斜

唐寅在灰色的天空中磨灭邻近或远处的山顶

唐寅在一棵树下的茅草屋里安顿一个幽灵

唐寅在里面画掌上的下巴和桌上虚有的目光

唐寅，告诉我们看见的左边那个小可爱是谁

唐寅，告诉我们正走在云间的是你吗

唐寅，告诉我们你把自己当作水中蒸发的耶稣吗

唐寅说，从眼睛里出来同我一起梦想永恒吧

自由

把我们从对土地的粘连中解放出来，那就去旅行

把我们从深渊的晕眩中解放出来，那就贴着山坡

把我们从时间的大山中解放出来，那就去登顶

把我们从对边界的恐惧中解放出来，那就越过它们

把我们从爱情的牢狱中解放出来，那就仰望梢顶

把我们从孤立中解放出来，那就走向大海

把我们从解放中解放出来，那就飞向偶然

把我们从辽阔中解放出来，那就坐进一扇窗框

把我们从视觉中解放出来，那就磨尖我们的听觉

把我们从音乐中解放出来，那就我们自己走调

把我们从自己中解放出来，那就忘掉我们自己

天坛

你坐五号线地铁到天坛东门站

你同太阳一道从东门进去

你沿水泥大道走柏树投下影子

你走到有人玩扑克的长廊

你听见二胡那丝弦的哀怨

你撞见跳探戈摇滚华尔兹的舞者

你避开脚踢过来的猝不及防的毽子

你跨进侧面的围墙

你看见三十八米高的祈年殿就在面前

你近距离站着先围着它的圆转圈

你结合它自我旋转的运动转圈

你喜欢转圈运动这种民主

你不去看空荡荡的皇帝宝座

你让屋宇沉浸在干油漆的气味中

你坐到皇穹宇的某根柱子脚下

你注视红黄紫颜色的雨伞芭蕾

你喜欢人类面孔的本能舞蹈

你把目光抬向琉璃瓦的三面旗帜

你眯起眼睛在琉璃瓦的太阳反光中

你不再动你自己就变成了中国

你忘掉坛变成了天

参观西安兵马俑

汽车在宾馆门口等候

我们仨我们上了车

我最先上因为我双腿粗壮

因为我头发灰白

因为我岁数大

另外两个在我后面上

因为他们年纪轻

马克和索莱娜也上了车

这两个图卢兹人差不多四十岁

我们仨估计有一百四十岁

不去算出租车司机的岁数

很奇怪岁数不听从加法

很奇怪岁数相加得不出任何结果

很奇怪年龄的总数穿行在出租车的计价器上

很奇怪我们每个人都是自己的数字

很奇怪古董的幻觉

西安兵马俑的岁数让我们想到我们自己的岁数

索莱娜和马克的岁数他们今天居然忘了

他们和我去参观西安兵马俑

他们每一个都有二千二百岁

我们推测陶土做的这些兵马俑的岁数

他们岁数的计数器

只是他们是土做的

而一百四十岁的我们仨是身体和词语做的

身体之上只有词语

只有词语的碎屑应对我们牙齿的泥土

我们永远是当下就把当下的账结清

用身体来支付词语

不用分辨，出租车，路程是贵的

是的当然，但谁渴望同我们一起

参观我们的废墟，随时随地？

管家岭

*

悬念,悬在桌上:整座管家岭无言。

悬念,只悬了一分钟。

我翻我的书包

会翻出什么?

会发生什么?

白底红字大写书名:佩斯的《阿纳巴斯》

1948 年第三版

我 1959 年在巴黎十四区儒尔丹大街得到它

革命那一年,1948?

是的!从 1926 年初版算起二十二年过去了

从我买它算起则有四十九年

这甚至是对你的等待的解释

我为什么要等这么久才翻出这首诗

我的革命:把《阿纳巴斯》毫发未损地带回到

它的诞生地

*

过会儿我们要登上管家岭

过会儿我们要穿过枣树林

过会儿,我们差不多已经到了,有一水池

过会儿,这水池连同喷泉停歇于1948年

过会儿,考古学家告诉我们,贝熙业大夫的别墅

过会儿,别管我们,等一等,激动淹没我们

过会儿,我们的泪水如泉涌

过会儿,过去的丛林侵占当下

过会儿,过会儿,这个贝熙业是谁?

过会儿,七十年前,他是法国公使馆医生

过会儿,他患肺结核的女儿来这里休养

过会儿,过会儿,过会儿,再过会儿……

管家岭,离京城约一小时路程,在北京之北。佩斯常至贝熙业大夫(法国公使馆的医生)家做客。有一张照片,我们见到佩斯斜坐于草丛,而今,已成一片桃树林,掩映着一座古老道观,前面是通往内蒙古的北去大道,佩斯于此地写成《阿纳巴斯》。我们2008年参观了此地,对管家岭印象深刻。我们建议管家岭村的村长修复贝熙业大夫的别墅,把它建成一个作家交流中心。

第 三 辑

喝吧唱吧

周围都是雪的森林露台

白得醒目。

白得好像只有雪是白的。

白得好像没有一张纸那么白过。

白得像全世界的春天。

白得像取代春天的秋天。

大地上所有樱桃树上所有的花。

快快花朵已经蹿上你的枝头了。

白得像季节里的一个白色错误。

白得像错过了一档雨的节目。

白得像天空的一个美丽错误。

白得像褪色的蓝真是奇迹,

白得像一座躺平的山。

白得像一次白色的比较。

白得像白皙的女性。

白得像结冰的男性。

白得像一条粉末的河。

白得像想象的洁白。

白夜本身有时候就是白的。

白得像把黑颠倒了过来。

白得像成千上万只鸟的羽毛。

鸟羽在冷杉的尖顶上。

白得像一些没用的翅膀。

白飞永远也飞不起来。

白得像在耐心中患上幼稚症的翅膀。

白得像备用的众多天使。

白得像一句法语里闲置的拉丁语。

白得像败军的白旗和白布条。

我们忍受神圣的可逆的碎片。

神的衣服是哪一种颜色？

白得像一周七天的那个星期天。

白得像没有日子的日历。

翻页结束标号结束。

在白色形象的无限中临时结束。

临时结束为了修饰的稳定为了叙事的进展。

临时结束在结成冰的雪上侧滑刹停。

风景中滑雪板滑下时嘎吱作响。

短暂的滑痕在运动的光中继续。

一个家庭每个人在滑板上把腿张开。

孩子们上身前倾保持危险的平衡。

活着就是让斜坡上的雪确认。

活着就是让危险适度。

滑雪课并非行进中的白色。

白色炫目。

今天炫目来自阿尔黛娜这个词。

我们投身其中,脚转向文学。

有多丹尔安德烈格拉克于连每人有每人的小径。

太阳在床垫上林中小路闪闪发光。

有于贝尔·儒安说话声像有声的蓝烟的嗡嗡声。

他们互相说。

砍伐立方米纸页砌筑老树干迷宫。

寻求孤独者的依靠。

一只鱼头远远飞过,他们把它钩住。

赤裸着,在冷杉和山毛榉那正午之蓝中,让我们奋力追逐形象。

把雪分成块在掌中挤压。

暖化为冰。

用掌心攥硬。

球形诗篇。

拿去吧,我把森林画出来寄给你。

抓住,避开白色变幻中的森林秘密。

啊!双肺像在灼烧!

乌鸫?

不习惯白色和云彩之歌它们在正午吹笛。

数着化雪的水滴。

你克里斯蒂安·于彭,指头横在嘴前,打开页岩。

天窗,白色中的田野,突然扩开。

我亲爱的小学老师,士兵格拉克就这样等待德语。

请改成:德文。

冷杉很快从钢盔上刺出来。

森林,这是战争的隐喻之所。

温和的弗朗索瓦·雅克曼,他该如何承受钢筋。

MIGHTIER
THANTHETHUN

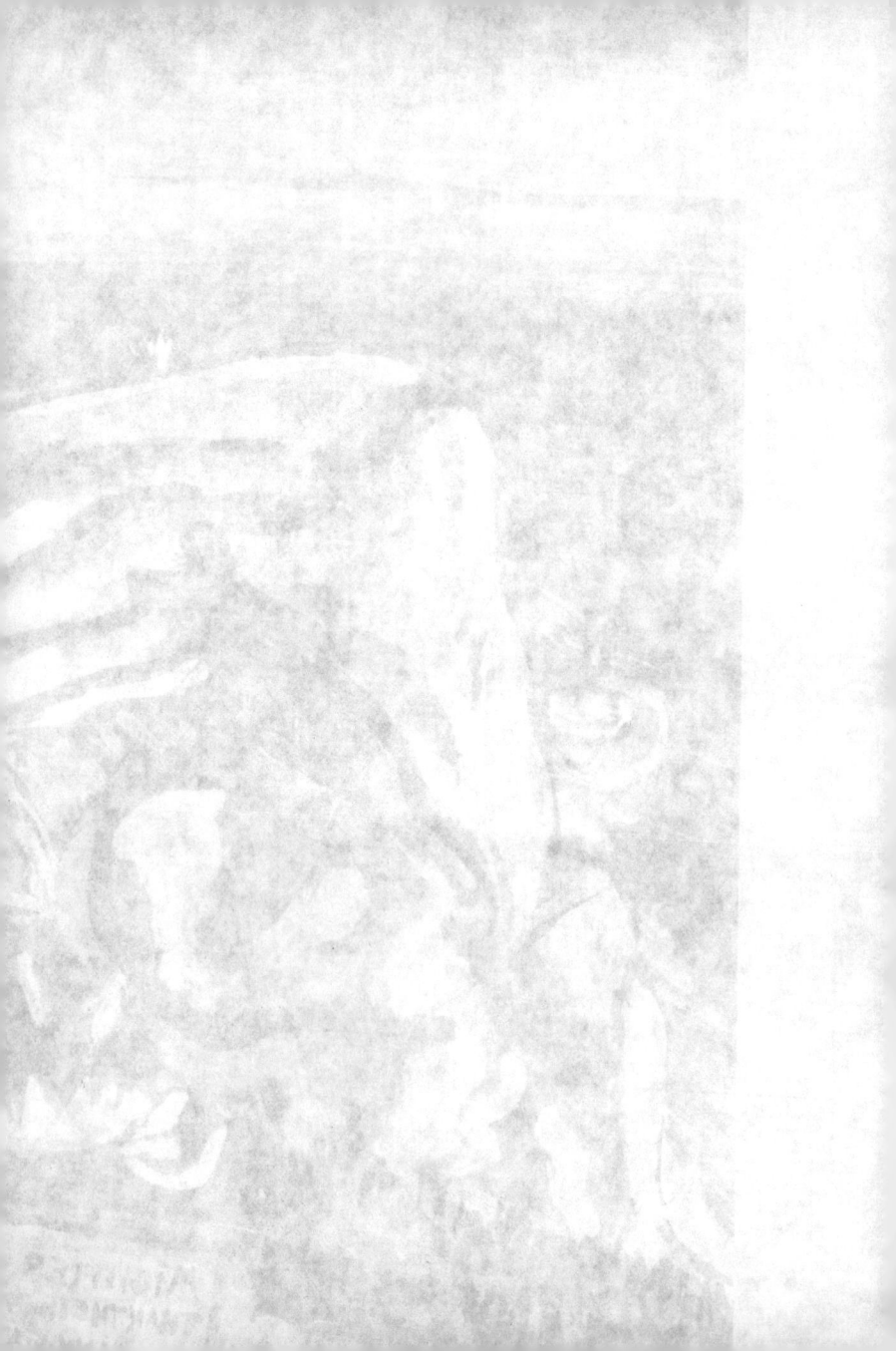

铁栏杆。

科克利尔炼铁厂?

他只知道如何熔化雪片。

雪,密集但有限的热量的炽热之煤。

裂纹,手迎接它的斑痕。

那一天,我们离罗索很近,我相信看见了亚瑟。

想象他沿着林中小路,山顶沼泽,森林边缘。

用挖煤者的办法保护他的衬垫。

厚厚的雪让形象自己变冷。

田野也一样。

膝头离地面太近,离宗教又太远。

大自然是一座庙宇,那里活的柱子让枪支经过。

两根树干之间,两次逃离之间,一根巴塞贝尔炮筒。

口径多大?

不，德国离我们的坩埚从来没有这么近。

白色的德国，法兰西？

比利时合金，又脆又弱，战争中立。

我们，比利时人，我们经常宣布休战，像枪战。

和平爆发了。

我喜欢避开林中小路和泥潭，因为缺少士兵。

此地，两种语言透过这夹心之地相对峙。

喉音，片状，涂蜡滑雪板的颚擦音，切开白色
的纯粹。

对面，元音的铁砧把雪转化为玻璃。

巴赫转化为巴沙拉赫。

水晶与铁，谁赢得传说？

传说不说，不做结论。

谢绝雪。

谈论白色，期待时光和耐心。

白色或无限。

我们将无限。

冬天是天空的一种无限。

热雨变成寒冷,地狱可采摘,反复采摘。

铁路的樱桃时节。

李子。

诗歌是一种本地的隐喻工业。

为什么森林茂盛。

锯木厂,知识的锯末,边材的白色。

一口水果大炉,无核的果肉。

热烈的阿尔黛娜,在读和不读、做和不做的林中小路上。

雪,急性子的金属。

在杨树岛上

我们都活在一个公园里

我们都活在同一个公园里同一个

我们的公园叫大地也叫地球

我们在里面我们已经在里面

我们一直在里面打一开始起就在里面

我们还会在里面我们会越来越在里面

我们再也出不去我们走不出这个公园

我们再也逃不了了

我们顶多可以在这个大公园里做一些小公园

我们可以做品类各异的小公园

我们可以做小植物园小动物园

我们可以做一些人物园

我们可以临时地自由地生活在这些公园里

我们甚至可以在公园里成为我们自己成为自己

我们也可以选择成为不同于别人的某个人

我们刚刚开始

我们只是个开始

我们再也出不去除非凭我们的记忆

我们将通过时间的大门离开公园

我们会分散在时间的野蛮之中

我们可以选择从遗忘那一侧进入记忆

或者在记忆的无限中自我历险

因此我们将携着漫长的记忆归来

我们将携着长达几个世纪的记忆归来

我们坐在选择了遗忘的那些人中间

我们在他们面前铺开漫长的记忆

我们给他背诵长长的回忆诗篇

我们用长而又长的《奥德赛》让他们着迷

他们着迷得误以为他们已经走了

误以为他们已经躲开了

被遗忘

被记忆

喝吧唱吧

是通过嘴我们喝。

是通过嘴我们吃。

是通过嘴我们亲吻。

我们爱的那个人的嘴。

是通过嘴我们说话。

是通过嘴我们歌唱。

是通过嘴我们打嗝。

是通过嘴我们喊叫。

我们呕吐我们破口大骂。

嘴比眼睛更好地

接收世界并把它归还,

吞下世界又把它吐出。

是通过嘴我喊叫，

在最后审判时刻。

是通过嘴死亡来临，

是通过嘴死亡咬住我。

是通过嘴我愿意喝。

是通过嘴我们愿意相信。

是通过嘴圣餐杯

被我们一饮而尽。

是通过嘴我的女友

像面包一样被我牢记。

是通过嘴我对你说话。

是通过她的嘴我有了亲吻

并且我愿意平静地死去。

是通过她的极致的爱

我愿意了结我的此生。

我们的双眼目睹过恐惧。

我们的双手抓紧过寒冷。

我走路的双脚冻僵过。

呼吸在我的肺里

双肺从心脏抽取热量

热量把行动交给词语,

是在我的嘴里词语终结。

我同你说话这就像喝

我同你说话这就像相信

我喝到的是词语。

必须把借给我们的呼吸

归还给心,我们一呼一吸

不知道我们是否将它浪费。

喝有时就是为了

不说空话不说废话。

有时喝就是为了闭嘴

用我们的粘土在死亡面前

在大地上挖一口寂静之井

为了让死亡感到渴和后悔

因为她没能在露珠下

将我们好好浇灌。

喝就是让我们的下颌骨

小心翼翼地走动起来

让它像一把漏勺那样

朝着那个唯一的窟窿。

只要我们还有一口气

我的身上就会有喊的力气

我写作就是为了向

浸透墨水的词语喊出

在黑暗中回响的声音。

因为我们都活在墨水中

我们不知道为什么

墨水在它四周是那么黑。

我们身体内的血液之河

浸湿我们如同一片沙滩

当血从外面蔓延，蔓延

从里面剥夺我们的生命。

在黑夜和殷红的血之间

只剩下颜色的区别

只剩下痛苦的区别。

我们生来只是为了喊叫吗？

我们生来只是为了流血吗？

我不知道但我想喝

就像喝下一些词语

它们在记忆里咕噜咕噜响

我喝下的是血

就好像这血有意义

它来回流动为了指点我们。

我们都行进在黑夜里。

谁在前面，谁先于我们

谁先于那些先行者

我们的先人我们的祖辈。

我们走得摇摇晃晃这样更好

走进灰暗之中假装

穿着最微妙的深灰。

哪种颜色拥有死亡，天知道？

众人中画死亡画得最好的

不是那些画家，而是

他们：敲响我们的红酒杯

和葡萄酒杯，敲响词语的

嘴唇和葡萄的血肉。

是通过嘴我们活着。

是通过风我们的脸颊

让词语的风车轰隆隆响，

它们从空白中提纯

夜晚的面粉小麦的花朵。

是啤酒里面的酵母

把我们从啤酒中解放出来

在啤酒中我的小说结束。

诗歌抓住得更好，

它不关闭，它让门

在黑夜的尽头敞开

这曾经是为了

最吝啬的几场冬雪

它们通过我们收获的嘴

流淌出清冽的生命之酒

我们把它们做成别的饮料。

转化,这是关键词,

钥匙打开在我们的嘴里

钥匙打开在我们的词语里。

闭嘴,是的,但是中断

它属于词语切割的诗句

它们刚落到纸上

就成了继续之歌

通过它我们继续

不知不觉凭一股轮回的

力量。因此我们举杯吧

举起我们诗句的操纵杆吧

举起我们血肉的诗句

直到世界和我们之间的最远处!

嘴是一条河流的嘴

我们在宇宙间造就它

用我们词语的水流。

用我们呼吸的水流。

用我们血的水流。

还有光的水流。

喝吧唱吧汇聚吧

张开的嘴闭拢的嘴

把我们交托给并演奏成

一曲没完没了的祈祷!

第 四 辑

爱情诗篇

致埃莱娜的信 (1)

*

美即真。

反过来,就不一定。

美是不可逆的。

她是绝对主体。

她只容得下你,和我。

我们是她的侍者

我们享用自己。

美解放我们。

爱之美胜过死之美。

爱之美把我们从死那里解放出来。

*

你刚刚就在我面前。

我眼里有你的形象。

我邀请,她就温顺而来。

你并非被动得那么被动。

你赤裸,你是真。

除你之外别无其他。

我低声对自己这么说。

你是与赞美在一起的祈祷。

*

没有别的宗教。

除了你的怀抱,没有别的关系。

你的双手搭在我的肩上。

你用双目测量我,双目笑了。

它们从眼睛里面笑出来。

你的嘴是严肃的,你的嘴靠近。

你用嘴吃住我,也把你的嘴给了我。

没有像爱那样的交换的宗教。

宗教是非自然的爱。

宗教是对爱的模仿。

*

你的裸体,我把它放到我的句子里。

瞧它站不稳,它颤抖。

我句子的所有家具都在颤抖。

再没有人称代词能站稳。

它们在一段距离之外,我们的身体抹掉了它们。

再也不是你再也不是我。

我们需要一种巨大的语法。

句子,我们用另一种方式连接它。

*

我的句子独自说着话。

听吧,它说不出什么。

它很贫乏无论名称还是实质。

它的语调很丰富。

它的语调很丰富。

不,你听不到它,你听不到。

语调是音乐。

我唱一支裸体的小歌曲。

*

哆啦嗦啦,没用。

结结巴巴说音乐原理,不适合。

是一种音乐在呼吸中开始。

是一种秘密语言,是一种低声吟唱。

不,不是这样。

这是一种先于词语的音乐。

这是一种言简意深的音乐。

我们躺下吧,我们推迟吧。

叹息与音符同时说出自己。

再没有边界。

音乐不是写出而是说出。

*

对记忆之眼,这更容易。

笔触抚摸着,不会自我欺骗。

把影子放到影子在的地方。

在平台上迎接光。

看和摸是两种在一起的记忆。

*

眼和手是记忆的隆起部分。

我看见你,我触摸你,我成为你的画家。

形象和事实是相邻的,我让它们挨近。

美是最接近它的形象的真。

美对真来说是对形象的爱。

应该微妙地去触摸,去看。

应该在美中下决心,接近。

致埃莱娜的信 (2)

*

做爱是动物性的。

那就让我们成为自己的动物吧。

用我们的嘴唇静默地吼叫。

吹一口气才好拥抱。

爱,就是不换气。

爱就是在陆地上屏气潜水。

*

此外,脱光就像去游泳。

此地,海将是一床弄皱的被子。

他们模拟波浪。

他们模拟得挺成功。

我们帮助他们我们在波浪和皱褶之间游泳。

我们游我们的泳四肢张开是蛙泳。

我们是蛙。

*

亲吻乳房。

就像成年人吃东西。

就像重新找回童年的球。

同这些银色的球一起玩耍。

世界宇宙是一个美妇人。

上帝只为了我为了我们俩。

上帝是夏娃我是亚当。

我用我的牙齿重新书写《圣经》。

我念《圣经》。

*

成为爱的智者得靠自学。

需要耐心也需要温驯。

野蛮的温驯。

野蛮来自很长几分钟之后。

爱的野蛮同残暴没有任何关系。

用手抚摸是一种捏造人的野蛮。

碰触皮肤,警报的最敏感部分。

皮肤鼓起,皮肤是最隐秘的猫。

*

爱放下武器,爱有别的武器。

有紧身衣,有里衬,有可伸缩的身体。

一座森林就为了两人,一场追逐开始。

会有一些林中空地,一些蕨类。

一些荆棘,一些水塘。

我们一边饮水一边刨光,一边奔跑一边攀爬。

会有一些书页,一些名单。

一些树的故事和云的咕咕叫声。

*

爱的体积增加空间。

爱增多。

爱邀集最庞大的自然形象。

裸体还想脱得更多。

保守得最好的秘密

掩盖我们也展示我们。

*

我们可以自己栽种自己播种自己施肥。

植物的恶性循环威胁着想象。

更简洁些,告诉松鸦和鸟雀。

更简洁些,动作要更准确。

看守森林的教师让我们疲惫,这职业聒噪者。

毛毛虫在我们的手心,完美。

它们的丝绸非常光滑,你尝试过吗?

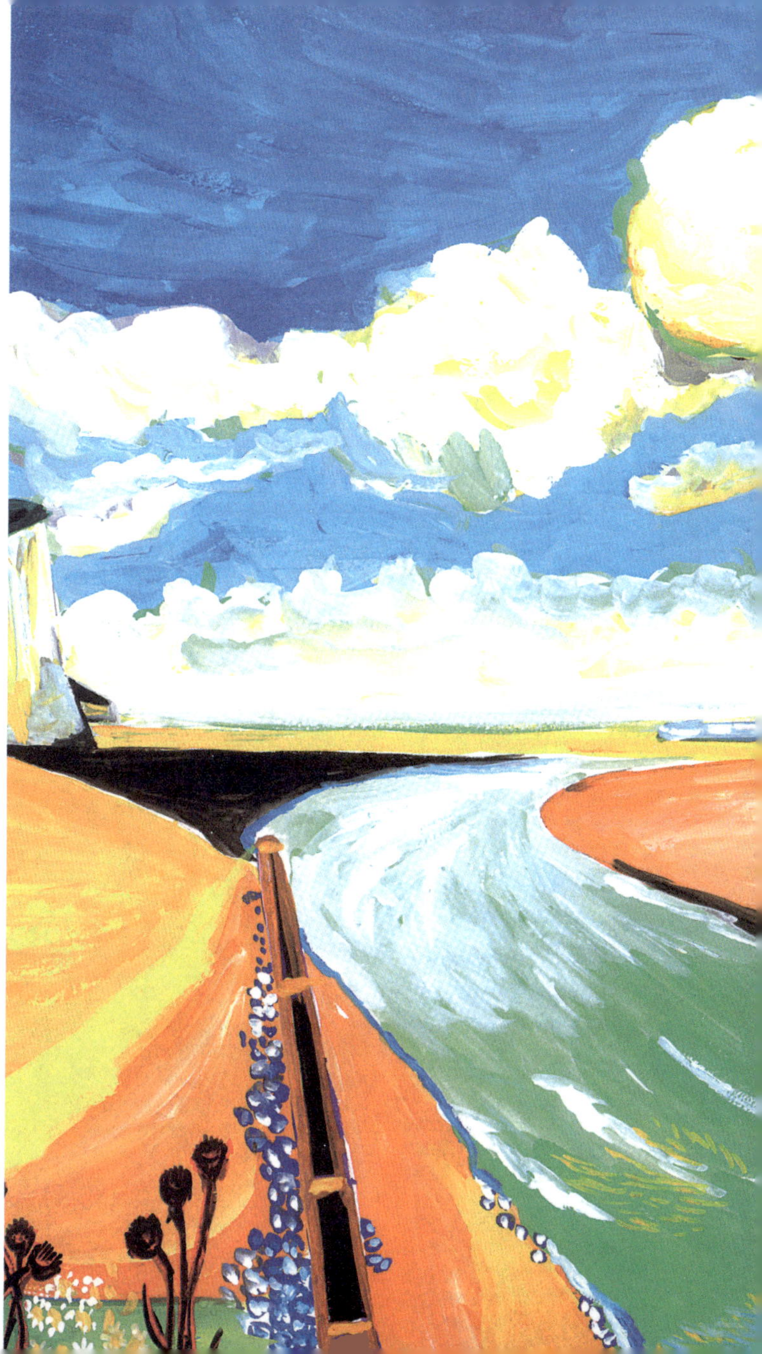

*

尝试，就是这个词。

尝试一件裙子，一件西装，尝试整座森林，只为了自己。

自己尝试，我尝试，你尝试，我们尝试。

别做得最好，尝试吧。

别重复做好几次。

没什么可重做的，给出去了，已经做了。

尝试，所有动词中最上进、最富于爱的那个词。

我们把"尝试"这个动词置于尝试之中。

你愿意用手用嘴来尝试吗，尝试吧！

*

尝试冲击突袭?

在森林中可别弄错道路门楣和梦幻。

梦的榛子树会柔韧地俯下身来。

致埃莱娜的信 (3)

*

我们是彼此的粮食。

我们是为两个人打开的桌子。

我们是比较的源泉。

有牛肉有水果有饮料。

我们是草地上的午餐草在我们腿间。

我们是森林的形象凭着一点点羊毛。

我们是一个移居的诺言一次又一次。

*

开始即处于爱的中心。

对于爱无所谓开始。

爱就在爱的中心。

爱已经开始我们从中间打开这本书。

我们知道怎样独自去读它。

*

我喜欢元音喜欢阴性字。

我感觉自己是阳性辅音。

我感觉到"r"我喜欢用我的"r"磨擦元音。

我是一把温柔的刨子。

我温柔地刨出元音的刨花。

*

诗篇是手的自然之爱的延伸。

手心即诗篇。

诗篇喜欢爱的手心。

诗篇增加了两条腿。

它走呀走呀在手心上保持平衡。

*

一只果子?

这是一个误会。

好些果子果子结出果子一座果园。

果子是来自想象的第一形象。

这简单这很简单什么东西是圆的?

什么东西美味地溶化在嘴里?

什么东西绝对地调动起五种感官?

果子天堂是结果的。

天堂我的双手捧着果子。

花园是手的绿色的延伸。

有那只绿色的手。

等待手成熟。

有那只采摘的手。

树难道不是一只等待高空中果子的手?

*

我渴望蓝色的果子。

我渴望太阳的果子星星的果子。

神话叙述手的故事。

神话里所有的手都收获一些东西。

神话是一个永远夏天的秋天。

神话是一个想象的季节。

*

诗是永存的果子。

神甫从他们的天堂驱走了诗。

争斗。

他们宁肯要果核冬天坚硬的果子法律。

果核概念杏仁的隐秘香气。

托付给我再生产的保卫权他们说。

我们控制饥荒穷困经济。

神甫是最初的经济学家。

经济替代了宗教。

核实一下储备了多少粮食。

诗人是一个无意识的品酒员是浪费者。

*

核实一下储备了多少词。

我们还能支撑多长时间?

告诉诗人们让他们闭嘴让他们说话恰到好处。

让他们不要满嘴是果子还在说话。

嘴里吃着桃子的每一个诗人

都将被放逐。

*

诗篇是一条蛇。

被放逐的诗人不再拥有辅音。

只能用一个辅音"s"。

所有其它辅音都被充公。

诗人做了一首诗"s"。

一首带"s"鳞片的诗。

女人在他们带摩擦声的鳞片背后认出了诗人。

她每天都偷偷给诗人带去果子。

诗篇重新找回天堂的景色。

致埃莱娜的信 (4)

*

因此诞生即孕育像一种快乐

因此快乐即孕育因为有快乐从中诞生。

因此快乐即快乐的诞生。

快乐诞生时变得有趣。

有快乐就是继续诞生。

快乐即快乐的孕育。

快乐即孕育。

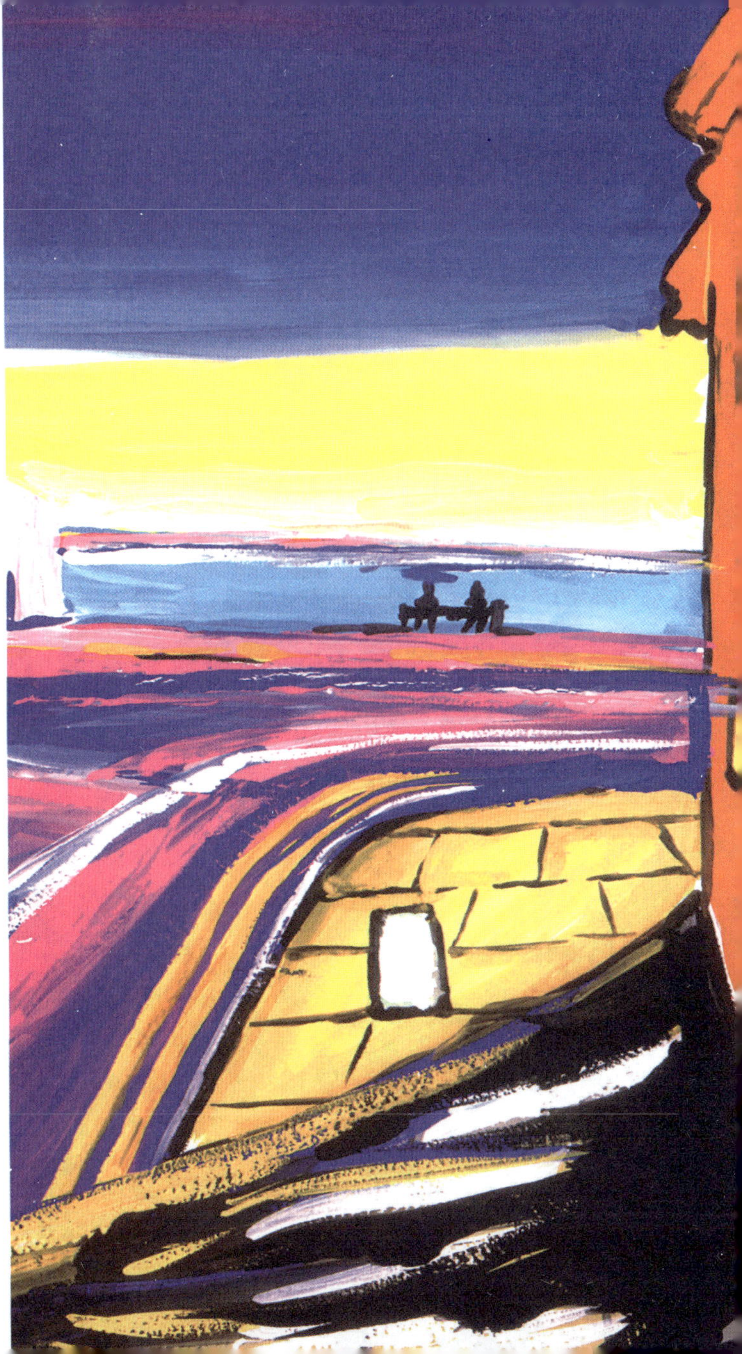

*

因此死亡不是快乐。

除非把它孕育为一种新的诞生。

除非通过诞生把它殖民。

除非把诞生的敞开延伸到最终的港湾。

*

我们单独地诞生。

我们相爱。

我们彼此诞生。

我们为彼此的快乐诞生。

我们把诞生给予彼此。

我们有意地故意地来到世上。

我们灵巧得神奇。

手是快乐地诞生的神奇的产妇。

我们走向死亡的终点。

我们彼此死去。

我们成双死去。

我们在诞生的快乐在死亡的运动中死去。

诞生重新开始。

*

死亡的狭隘孤独。

没有一个情人没有一种爱能帮我们跨过这道门。

我们紧握的任何一只手都不能在夜里指点我们。

*

死亡是那没有身体的。

死亡是那不再有身体的。

不可能有可能的交换。

爱是两个身体的交换。

死亡是对交换的否定。

死亡不明白交换。

*

有一些牺牲的英雄式的死亡。

没有彼此酣睡的温柔的爱的死亡。

你把睡借给我我把梦借给你。

我们在死亡的诞生中诞生我们互相分娩。

没有办法对付繁衍

而这就是办法。

*

有性欲的身体的性的分离是快乐的源泉。

快乐的源泉不是死亡的源泉。

死亡不是源泉它是河口港湾。

它是向夜晚的大沙滩敞开的一扇窄门。

辽阔的大风的寒颤无限的低弱的声音永恒展开。

*

我们在哪里我在哪里我不再拥有有效的语法。

我的姓名的外科大夫吸收我喊声的纱布在哪里。

身体与自己的分离是一种新的性欲。

*

爱给予我们对即将失去的东西的预感。

爱给予我们对可能赢得的东西的预感。

爱是完整自我的一个夸张的面孔。

活着是一种未完成过去时的修辞。

*

无话可说当语法占领所有的角色。

呼吸急促名字模糊。

一声叹息立即获得音乐的价值。

我们生活在高处我们是缓慢的歌手。

我们是同自己跳舞的物质的重力。

爱是任何一种美学都无法阻拦的重要的艺术作品。

我们是我们自己的缪斯自己抚摸自己凝视。

我们在子孙到来之前就已经走向子孙。

我们是浪费和付出的贪婪的收藏者。

我们只是时间拨付的一笔有限款项。

墙是临时的瞧吧我们从内部把它们推开

诗人简介：

雅克．达拉斯（Jacques Darras 1939— ）

法国著名诗人、翻译家。从 1988 年起，他开始为家乡的梅河创作长诗《梅河》。《我爱比利时》《您不觉得眩晕吗？》《突然我不再孤单》《唱出的小说》，仅是其中的几卷。曾任毕卡迪大学教授，文学院院长，教授英美诗歌。1978 年创办诗刊《今日》。他翻译过惠特曼、庞德等众多英美诗人的作品。2004 年获阿波利奈尔诗歌奖。2006 年获法兰西学士院诗歌大奖。达拉斯相信："诗歌是当今世界上最美的事业。"

译者简介：

树才（Shu Cai 1965— ）

原名陈树才。诗人、翻译家。文学博士。浙江奉化人。1987 年毕业于北京外国语大学法语系。现就职于中国社科院外国文学研究所。出版译诗集《勒韦尔迪诗选》《夏尔诗选》《博纳富瓦诗选》（与郭宏安先生合译）、《法国九人诗选》《小王子》等。2005 年获首届"徐志摩诗歌奖"。2011 年获首届"中国桂冠诗歌翻译奖"。2008 年获法国政府授予的"教育骑士勋章"。

图书在版编目（CIP）数据

诗的位置/（法）雅克·达拉斯著；树才译. —北京：人民文学出版社，2017

ISBN 978-7-02-012812-9

Ⅰ.①诗… Ⅱ.①雅…②树… Ⅲ.①诗集—法国—现代 Ⅳ.①I565.25

中国版本图书馆CIP数据核字(2017)第107037号

责任编辑	脚　印　刘　健
装帧设计	陶　雷
责任印制	苏文强

出版发行	人民文学出版社
社　　址	北京市朝内大街166号
邮政编码	100705
网　　址	http://www.rw-cn.com
印　　刷	天津千鹤文化传播有限公司
经　　销	全国新华书店等
字　　数	150千字
开　　本	889毫米×1194毫米　1/32
印　　张	5.875　插页6
版　　次	2018年9月北京第1版
印　　次	2018年9月第1次印刷
书　　号	978-7-02-012812-9
定　　价	52.00元

如有印装质量问题，请与本社图书销售中心调换。电话：010-65233595